石川　透編

室町物語影印叢刊 41

横笛草紙

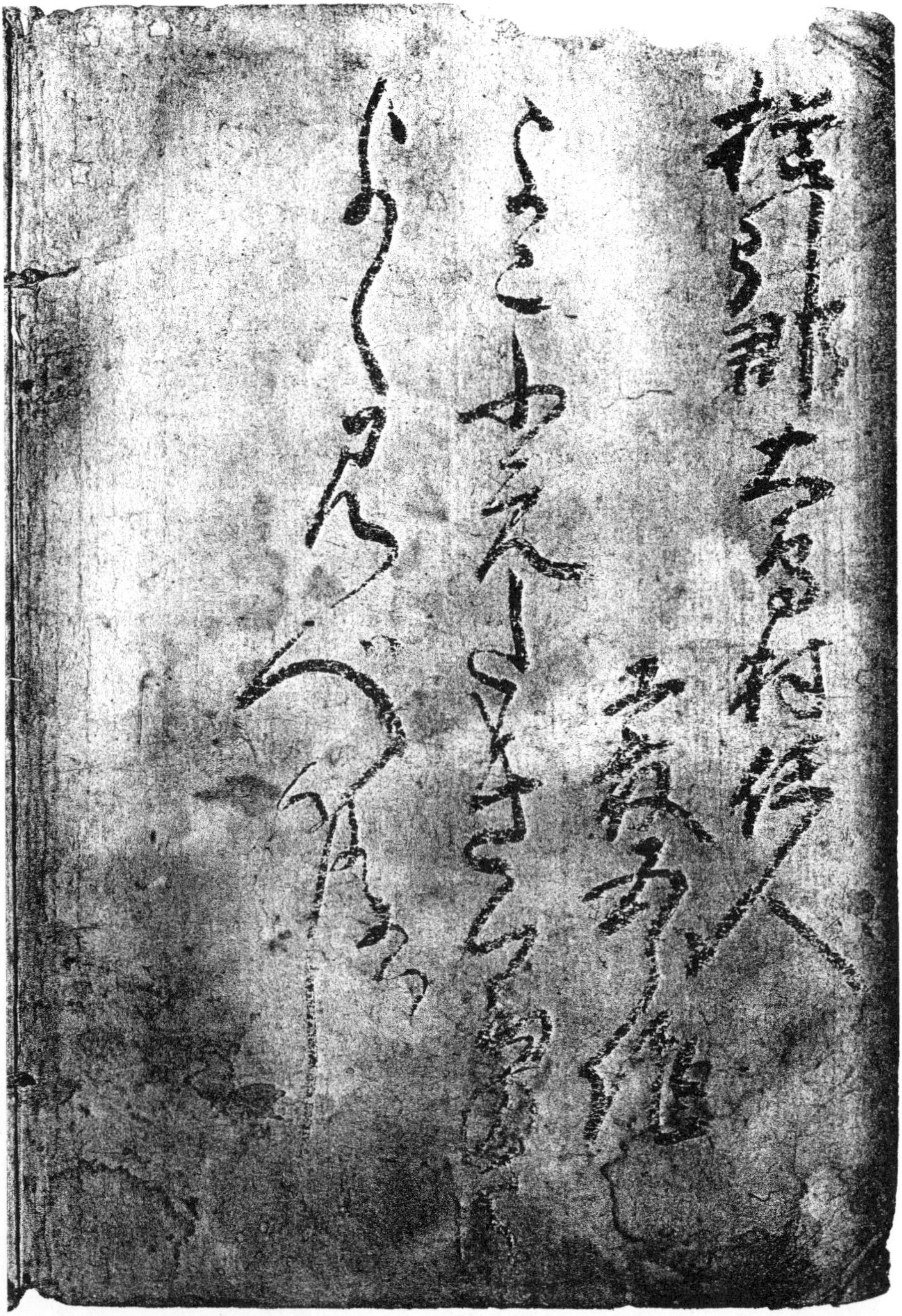

よこふえたきくちのさうし

なかころ後のすうやけん礼ゐんのおんうちにさう

ろもよこふえとて三人のにようはうたちあり

りうかうもとは色いけしきこえもせんのまし

もりはくやさきあいしてくろうもへまい海一

人のよことお思ひゆくゑをくしつくあらうき

ことにありし遠江のすそもちうみちよりけ

びぜんよりいそはくしくうすくにおもふ

なるみそまみくるしあはやさのいとおもしろ

なかの月たりてとゝのへしとてそれからめ人をこ有
こゝてしうらものしちやうにいにうしとれまいへ
らしとんをおもひけるにもめうまうにてまいらせて
きるてらふみ世まてかへさうしとおもひしめ
はなさし候をそはくのはしりの候しらくまいらせて
まてたゑきおもくやそれからさまへとみて候
ちよ三てうれしさいのうなからとさしもしとて
花やかなるおあるありこるもものもかいくは
にほやかのおいはしましかいけりとうゝきとれ

とりめんちうふ廻しくらん物やさんとさうくいりつ
とう縁りよこにかえさうとうきしめさしとき
めまくれ舞乃たるまれしはとこう番と花し
れけていそうるそれさうらをへけんとしてやうき
ひつまとふるんもあ遠ふはいうて御さうへきとそ
おうくくろきてされらつとしわいくへと
くゆうつうるのあ御やさうへ下とて御そけ
あうりことしあまそてきけりり御
あまのこれみりえうめすつゆかあつう

こゝろはつゝさ見ゆるよしをよみ
よそにつたへつゝかくあらめてそうけともまいる
せりのらぬるゝ日そはよ此人しそいゝはへた
こゝろぼせにまこゝろあつててあり候そうぢ
あこの道て様しきれわたるもきれいまいる
松めよもかゝとひとけゝろあくし参りいかと
うへもしいゝさしてたくよりつてみえ候ほと
あつとくさめのとはつゝありけるひとゝ色ゝ候
おも様んころつまゝ候ゝ候たはやくさふら

にたゝあるよりつゝいと入まいらせ候てさきふ
かんきのこさんねんあらゝわさ一つへとゝやけまいらせ候
なきさゝらうらとけりやハいはそやにはおん
わらまゝ人語つらひよ申つりゆりしときとこ
ゆゑとやらんをひとめうしなわれことにを
ましまして申まいらせ候はゝむあとかたつみに
わけてわらハむかよねきさへといしともかきまいれ
かつとさきらわうりなりしと給んろう
くらわけ遣ハちれともしてさつくやまとき

ゆるしてもまいらせ候とおほしめし候へはおもしろく
御ふみはつらくしうてそ候ゆるしへらるき
けんしやきとしきゝしふやさんとてせうよろこひしく
やくんつりおれかたきこゝろあまりしきさう
さまいそきさたをあいたのみれかまいらせたく
あらたなるはなしゝとうさまもしとゝまる
あそしてそそめんめうらせまいらけしかも
すいてそいらしりうめまいらすもゝうてそ
わんの御方へそまいりりうたきこゝろさんめ

うゐたいへん御ゑそなすりつめ候とこまとふえん
りあのくとゆしはなふとふまし御くろな
らして以外とのたそうしのうけてあも
ころきこゆるを見るひとへつしうおかし給
たりくまし御をとれ候へどさこ候もこと
まんようい世を御わたりとあそはし御[illegible]
ことのくれあれはきてこせ御へしあそは
しりけくさくてさうせさつるへといひれた
よこかえんわり候みうへとはきこうすしてかま

こゐ
鯉とこゝろへてよそめこそやなともうし
あるはつるとしこそなにへりくるうこさらん
ゑへいわかるさもゝのことくなりむかし
くちこそめうらひとてはきしうつあきのよせ
いしてはるかしらたふさむかれあと
かきとゝめ
ひとふしきあをもよりしわかこゝの
まてくれこられてもゆかこう縁を
こゝしゆへ有あらんなみきこの露なしとも

まさをもしハつれしうかり
よろこひやりけるハらしとのたてし藻とはかれ
いこ〳〵あらかすちにこ涙のうきかる。
なり我ハうきこ今そのやうをせしなまれよ
そうろ君ん御へまんハそうくまあくあうて事
なりむあれくら君のうらひとハこ恋しらた
てたく〳〵かくのちと思ひさしう川あこん
さいと〳〵ん御くとらん飛あらぬしらてし
いひとくさこりまつとてひらむしかなりうう

はゝこ失らふこゝろにて施行あまたりんたる日も
そうらう日ありけるめのとおようしさ給
ひてやりけるハさしハなにゆかりきさいを
むまこつえとのへこのつこまゐらせてゐそや
かなるまゐらせてたまさかにしやへの御おとつれさ
世ハ人けんのあらひハ一たびのうけ一ちれなる
程をもむつまもたよりのえんとやすかりぬと
むらさめのあまやどりいそ邊もこの世なるを
えんとらうそてにさくつへさへいろやこゝろ

とめくれ出つゝ見ましくかく身にいつきかるをと
めくきこえと一めこまいらせてしわくありけり
けふの歌よみてこゝろうにいきあつまり
そして此へは人をはへりそたてけさうへされ
くたの小町くんの衣をいりす息とゆかの
ふはあきまう〳〵ま後ておもひとかし〳〵け
猶ひつことさうこゝちなきハこのこひもみか
とあつやけんへろ中たい心あつせハま〳〵猶
へ身のとてた一かそてハとしたけしまさなれたら給

するあそハしゝへりしとたまへしとや給

けるハまことに御いらへにてみやすき

みなこたへまいらせて

うけ給ひてのちふたゝひときこえさせ給ふに

きこえさせ給ひしのちきさきかりし御

とあそハしまきさもしらひてよろこひて

けさいとしろうかうさ御まへにゐたまひしき

おほかたへんしてたかしくことにりかも

ことなりとそおほしけるおほしつゝありける

てくら御ふさてこそさうらハめやれそれしと
むかうさはゝなみまうらへ舟なんのうらそ御道
なりさ御かりゝよめしとひそうにきようう
はかことゝりてゝてこそもつたきさうらこれ
さこそてう参しさふらうへくたゝんきうなかし
もはうたりくかゝれうとかきうてあひ
せめうつとなり御せをはりうめし一つとも
ちそうそも参らわ御ゝふさとへそてある
ひそうよ何しわつ又らすめつゝうらとひ候し

てあそひくはなくさみの日ひさしく成て
のちはきぬをこめてとりそめとは契た
経ていとし月日をかさねけるさるほとに
ちくのちうちにこれはあときゝて竹ひたには
きゝての經やなからかまいかなる人
のむこふとゐしなからよたくひもなし成る
なかいらぬもちの庵に参よ世に
ちし物よ物のへ書者といふつまゐよ
こそにれしけ書見てれらぬるとなく

也うらんしけるこそまことにてうしの御はい
しとゝのへてかうさるにゆくへハさたときき
うるたまかはゝ、そうちんやへしとてあけう
りはゝひとりるハたゝきらちあうしき
くらりとつるしくかとあんへすわにこれ世から
れゆめそうしうるあひとすゝるもとそう
わうさくうれをんさいせいまうくうう一まん
さひもあのこはそうてわしとそうしうそ世
れとめのよたらつるハこきしらひゆくさいめかね

さきいり清のみつよりてさすしあうこふかいと遠
てゆく歩なして行るのうへなる露よりもゆ
やうきさん人なんのちうてとむそそはしぬ
けさるいほんのこのめなるしとしもなし又へいゆ
めぬうにうつしあれとかりなるあうしせよ
おりこ人まうくさこてすそあひてことはな
ろへけ遠人いりふさうこ脇たおてかる尾は
いらにきんあやんめいなとるむかんもはこふう
ろへつしきんあのこう後きなつ遠ハ一ねん音

しゆけん様んもむつかしごさんせはあとへまかし
こま犬をはらふの何と思ひけるとまゝよそ
り歌よまうにまてこゑんよう心もういけ
しらともむつまゝはあるさいてあとはか
さはりくるいとつやまことみえうき
くうすきを殿かしもきつうらいかふる
むへきりめとこよこるこる後うら思ひ
そめはつはめきりこなひあ脇よひう
まてやひはくりて歌もさまつはむしとも

道とおもふこゝろはそてのうつりみなきえし
てちるまゝに秋てはきつゝのたまふよしとてち
かみよりのようつきに錦を手にわかれ
へいけのやもめうつゝをてのうつゝ道にこたへ
みそらへてよとおもくとおけく道はあり
あもれくそてたちてかえさはとりも道
くわしきひきてはらふ松風てそまうち
よこちうつる一同にて文まとひり事の
もちなみそくなくとりかとそれをかなしの

こよひ　そみらよこぬえんけふもすぎ
あはともちくまちゐてくるまはとり
さるおけゆく月とも海たまたはらくと
ひらめのうらのあはそはかりけるさて
もたきらするそめに君とうへてとしは
十九とやよはのおくにきゝてしるうちう
ぢやわんとやにとらうちれ茶ともて
めくらしをあめるへてそあつかうてと
よみ地とそてハこゝのまはともさらのつゐ杖か

あゆみをまいらせけれはあはれにこえよき

むかしの中のねもうけんのあはれなくしくよ

宮さまの御事をきゝいとゝあはれそ

まさりける

ゆゑもなくけんのこゝのめうきくへ

つまきてはそてかわくもなくしらすさみ

てころものはなとめもまちくそやのうつさ

てともえなきみけりはゆめふしきる

はもむつきさまのひとり宿もあそいそめ

いしめしらくは是東山のさくらいろあまこ
まてうちまてまからしせちきわしふ残る
らそていうる人あり此の小野道ていはしうす
きひ竹よらんうすめしやとて此の忠臣
すまこうふ人のやうはこ海をなはなれ
やらめしいはこ三てうきいうき九月のきく
くさき田楽てそあやのふけうきうふむして
とんせいしわうきゆまうこまうしてとい
くれかこのよしよこうえんさて付てあらは

さゆしやこゝまてゆめかやうつゝともわかす
くこれをみるにふさきみれはくともなけり
ねつしまれとひけるにはあさましやこゝろ
かうらそれなとゆめかもまうしてう
らこやそうつしけるにくとゝふも志ほ
ねのうへのくにへ山乃かくれくさのあまつ
ゆまいうつくしうまつりうまつしと天
よほうらまちまってゆまうのあまもいり
人さかてもさんあるとつえんいはほにをれ

りいりて跡はあしくきてりかよふはゐぬはいるとき
ときくなき達はちらんに聞ゆる山ちくみるを
さは添うふなきも達は志ある九ねあらく村に
してらくきりれはわ達けてゝいと思から
まそのうらりりつ文也くめのみのまへり
ちろ寺つほさそてあきさら山もよろ雲き
うくきも似かそくそれ程しかるそこの
をろうふあらも達く春をことれぬもあ
の花あらじゞ千す達ぬりそれ今てあらぬ

らせてたまはこのころはさくらにほふ花
たなかの里にはははそめのときさき
おもきん松がほうこのあきさきさて
つるとのこきまんりあしのてふきの
はなのはなと思はれてへふのあなとはきさ
まくらとせめさ以のはなつもいてこそ
たとてあねはいはせきのころにあつめりしき
はあかりしなるさやろうこちらきはま
里まやらくつそありしはかりの

あさきおへあることのはしにやさせり
わすられかめしうきこそあかし
いふあまるこそおもひそられけこゝろは
よかりけりよきみたるとよちはして
わ山よりゆめの雨よりつよる風
きしくそてあくしもりまへくるく
たかひとゝろむかきといあかこそとむ
おりよたるかしうかぶらしゆめのゆく袖
まゆつゝへゆうたかいくるその歌

こゝろ様子にはまいらはやなかやてまいとも
りうやくごうそあか道なり誘かくらず
とけなしもかまいりくてかうあめらら
さとるしこそのふかし廻まよりすむ道
もはんきさとそきよちきりとるんとや
うけ白からはへはしもかくさとうしけれ
有さふおつてまかれしたさらさひとめ
ますてたひ白へと参てさまりしまと
まうらすましまと須もところ八十八

くる日もかれらまさしくめしとくすきぬらし
くるまありあひたるをゆらり御とゝのへてたち
よりみなとものゝりてまたきらゝかの
ともりしくてうくつうちり侍ひける
ひとりぎてこそものをもあいつとひと
なからそれてはまいらせうしてんかど
うちしてうきたるなゝ御しきかくてあけ
めさのくわんせうしまいらせ候へた
きらひとてきくうに御ゝそてきしいらる

ありましぬきしらあはれよ侘くしとぬ
ゆきしらきゞのとりそさほとしとなさ
それはさらしらそなさいうしあくしらわも
とらひなれはよきこえしやしめりそなくれ
ほとのふるめやさんとおもひなれはまことなれ
ときくしらともむなう絶さはさきくしの
ひまもりをうちへいりてそは露袖はあさこよ
あをまほしゆくとよそつゝさひうつゆうき
さゆきてあらくのとよしらそのくまなくと

しらぬ者はいつまでいはしへのうつらよいは老後
まいらせてそあわしりうこれハめもられんと
こきしいろりうちらいつまでゆめをもうれた
御ひのよけうらうてはなくはうへはし玉
出うりのはらうをへてあめみよやハ御へ
れんよまく縁をりとめあはなうこは
なうしおかうし我をあもつきんむさんか
みとうえう三年ならりなきけなきめ
ひてらうのさくはんきし ゆよれとへいう

なをしありてこそほつ人しれぬを
みやつけこそてらへハおや人のまいりあひ前なり
こちへたまふらとゆらんハきこしとおかね
人そしやくもりなへとてものあん
とかれしそらしそのちあともせよう
かりよこつらん遊をとり行ひてあさけな
ひかりさむや　うつりしささされてあそ
させるへとかさきつきされてはゐ遊あまい
まもと又いはつうつすとわりなの中あれ

ここまでもうはらしとこそおもひしまてらや
とうばんのみあわしなきけをとみけれどい
ちぎりつるつるとぞしさはとうへおもし
ゆんきつまとめへしてうおへたるをとつむる
らいはうつるはちさもいつひつくかせへ
えんとなつかやせおもひこまでうろ
まのおかのうつけ二毎のちそのつとなき
えつしとこえんをのうひゆんさへうなうう
まりきうわき如し俤おやのふかけすうう

ありてやうにあうせのミへハまうつるをとうる
こゝにもてとりわらしちへハ又ころうも
ら身ゆへまかうきさらいまろをなうのまれ
しひハやうゝへしとあみさとらしやゝ
きそとりましへは空をさうこうんうこれら
しもあり御をはいうとさんしとちそさ
つまはるを二へしとのくいやのこゝくまれ
遠してむつことの神のうつまらはいまもハ
らすふみへれいけのまふらハかわるてそう

たてのたまきちやとてつゐもれしまうと
ゐまけるハ
ゆつきゆこそるをうしろみとおしはかる
さてとをみちうちはそうきつしきこ
とおもはれかうさらうこゑとききくは
まと物わろきされさふまことなむ
へんうふかくうち
あはさゆゑそるかとなむ限むへき
ひきとしむみちりあつ猶はと

なりしからあつめもかゝへられてあるなかより
いつれハなのこともよくてこゝに住へ
こゝろある猫ハなくくめもしかくに
よくらへつわうらめしけれこそさてもた
きゝらなきけるくらつうらをあはれなる
として記ときゝてはて猫ふそれより
いとゝあとへ行ゆきていそくゆかれた
りひとゝりはてそきさやのこうなあらためなる
きゝあそひ人ハかれとまつるあはれをあわれふと

むかしこそふくには清進なにはめらあ進てくこ
うはかおつられもこひしけ進とて一しほ
有難やは大井河のさほにあらはしき
つるかめのかれをなかきよはひゆきさすきて
ちとせをふかきといふてんてて上あるきかな
本のよそくよけかるしへさきつまきふ
いなのうへよわきさとそてておもしの山のなと
ときもすふちとうきよふえてしるとさに
のたらし数ハいつ進ときあなあはれなりけむ進

やかてさえもんよしともにむかひてやをあはせあそはし

たまひけるに、かたきかんてうはうにあつてとられけれ

はとおもしろうてあるよしうへきこしめしてき[illegible]

きうそのことかなふてつゐにむさしのかみとなさせ給ひける

打しうて[illegible]家よりこれもちし十七にてやかて法

ぬふもちしくなるしゆうちなるをまゐりける所をは

まさしくたう山人ゆもちかくてあまたしくと

よしうて[illegible]しほとこそかれとみちくさうを[illegible]

なまへいかうさらのなへまうのあたと[illegible]

とてこし人はかゝるへきちくきて御あかれなる
なるをたゝところて御たいおはハ十七八のほと
くらうの御茶なけ新へ御ともまいらせてめくと
いつ迄ともうハしらねとこうへのすまれなあハ
ねさやかならしところくとさうらはぬ
おもく人もまいらせさせてあつれなつてのまぬと
なかゝるをなしてとゆらりうつたまへにて
きこえ付てもねならさはそさりしなこ
かくなつらんとともにもとらなつらとせ

そくらひふりけるまの花をうつくしめしらまそ
みのうきうにふちみあみてこのうらにう
ききられてはそくと道もありいゆくお
くくりしつさ梅く程よりつもへるあり
にあるしうハこゝのこうし来ふうせそあう
星桜のあらしまひゝう老ちて中道を来ぬ
のとさのつうらいとく御八道ゑつゆきらう
やまくよおけうはみつかならさこるさとも
ようるふうかのはくへにあう道とゆうく

あはれなりけるものゝこゝちはかなくてても
あしおもひをしらへくしなくしらめ
るすかるしさてもけさりけしかうぬんりて
さはのあとどをへてつこのひとかたふく我
かう地してもへこゝろさしはかりさきを今
めもとゝゝふらさす過ハ物のあはれつてあはか
らせてあくまてもつ過なくおもいのちあるさ
はなうひやいすからせこのいんらきりてあ
くらおもひをせて御やらんつれにあまりのはか

あしきふかきあうへにはまかりてそでもきらの
めくりきぬやくあるへきとおもふらう
たあとるハみしみえさりしさころそふかき
りかけりそもそうめしとおもひそらんよりし
うらみんをおもふおもはまれんかれゆめの世なり
たまふるあしへてるへきそこときるあふふ
とまるこきつさにつあるまさき文もやすり
あまるもと行ふもとの世なるあいしんくしそと
おもしめしいはこそおもしのうちにまちむすれ

わたくしめらのあるしさまハ中すかたそてまいり
ちかへしさまおさふかんハこせうさん
きよきよもうまれてはしめしとうけ給
りうくてて月ハおうそうりうくるうのあり
ひとふしてやうくひらんさそらうし
めおり御ら進ていらへやさてもいう
へ八ちくハかくたそて将をてうさ仏文
まゐらせいらせ候へしけ進うて姫
へまいらせ候進ハ御ちもとらへ八人

よそゆゑのけふりとなりしなそてこゝろをとは
まろいりとのあんまろつよろくゝりいよしたかり
むかしつゝおつしとつらまい路ひくろさ
ゆふ様よこゝろやさしこの事うれしくれなりしこ書
のと女院も後のれとやかなりしめしやさし
こきみらくふかきまのやくのちきりをなにはある
いまやうまそへハお隣へけふとて女院さゝ
しめまいらせこさくつとも神はまゐらせ
ね抱人なりし　ゆ妻とかく内あとくいらへ

わかせりかやうハうきさくらをめしいてしいう
おうら寺をもれはくらゆのてうしとをはへと
あかれハうさくらき道をこさく仕くるや
こまうらうくをかへ申すうつてまをはさく
しまへあかせなれそめきらよゆこかえうな
よしてうやきへありのみわりしゆへも
ゆしてあらりわさう行まちてくと
うへつ道しくかせい仕またへんうゑ
しりくまと衆山ゆくまそとまうこれき

くものあつと。こそなからいさてはゆかんとす
やまんありのほはあんまやはらかなき
めんとそやりるつめくことうくつみたなき
はれしつまてせりしゆとくそやける

これやとそかし。けさうしまわらかせ
なら いと

情りはやし比志ゝのかし方ら
月も気りとさしとて了そさけ
一河とやかゝらま給ゝのさよまいらる
たりとき有りるよな有つきことなし
二河とやふかへ言はすみのうらよ候そ
二河しき人有いつとそさいや
三河とやあんそとんのかくさなく
あとう紀人のこうしの
立つる数りさこあんして

あかくらことくこのはくさは
うん梅は月かけむらさき藤色も
おりふりまりしすあてやかなるまさ
けれ共秋のやさしさはなやかなる梅の花
いろいろをみるにつやいろく
ゆきとうらやまつまんとあなよ
そのまとりて雪はこりと
梅さてこぬ人とえのへとはるかなり
くさにつれなかしかるまていり

いつはりすらつきまてはおかれすと
もみちくらしけるそすなれ
きさとありてあれはみたれもあらのかは
いろさて書きてある人うしろ
よるはゝあるひもいれはもあらなる
つまなりおよふ手へてそみる
あまみれはとゆき海りよあるはれ
こさるつりあてかしにそ海て
もとさに気もよかしあまへとせなあ

はしみなるはきのうきよりなれは
おもふやまふてとめむ人の花すゝき
かのうたにて給ふはきの中よりわれ
いろやとみきくの回露かふことに
いそせつりてよもとおもひん
うつゝなのきさにこれはにもと
くにゝまつてありそうかるき

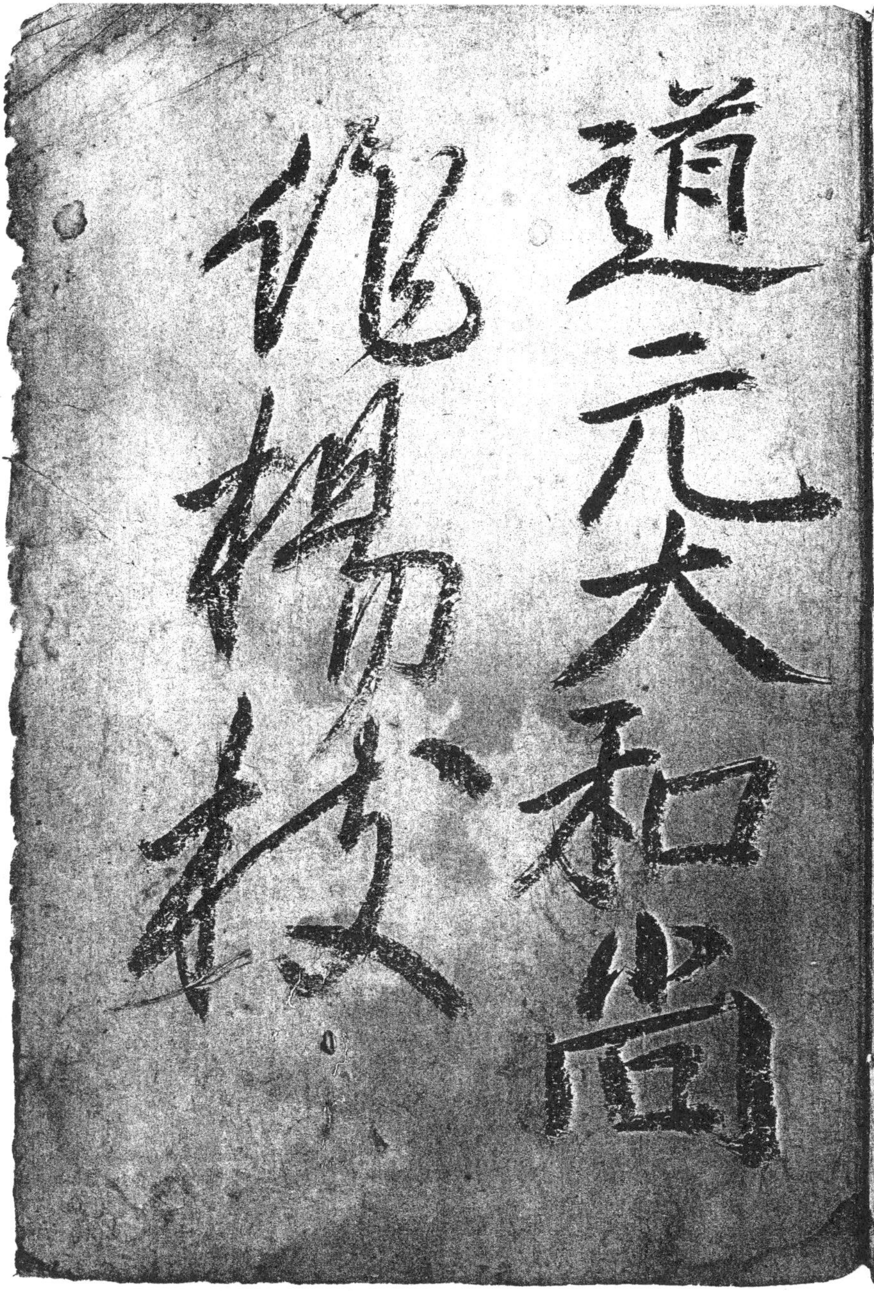
道元大和尚

解題

『横笛草紙』は、『平家物語』の滝口入道の話と同材の室町物語である。室町期の写本が存在するように、成立は室町時代までさかのぼる作品である。版本としては、御伽文庫に含まれているが、より古い古活字版も存在している。簡単な内容は以下の通り。

中頃、建礼門院に、刈藻・横笛といって二人の女房がいた。また、小松殿に仕える斎藤滝口という、華やかな男がいた。滝口は、御所に通ううちに、横笛を見初め、手紙のやり取りから、深く契るようになる。ところが、滝口の父はこれに反対し、滝口は十九歳で出家し嵯峨野の往生院に閉じ籠もる。横笛は滝口を追い、家の戸を叩くが、滝口は受け入れない。横笛は悲しみのあまり、大井川に入水する。滝口は供養のため高野山に登る。

なお、『横笛草紙』の伝本は、諸本が細かく分かれている。以下に、本書の書誌を簡単に記す。

所蔵、架蔵

形態、写本、一冊

時代、［江戸前期］写

寸法、縦二三・八糎、横一七・〇糎

表紙、本文共紙表紙
外題、左上打付書「横笛瀧口ノ双紙」
内題、「よこふえたきくちのさうし」
料紙、楮紙
行数、半葉九行
字高、約一九・八糎

室町物語影印叢刊41

横笛草紙

定価は表紙に表示しています。

平成二二年九月三〇日　初版一刷発行

©編　者　石川　透
発行者　吉田栄治
印刷所　エーヴィスシステムズ

発行所　㈱三弥井書店
東京都港区三田三―二―三九
振　替〇〇一九〇―八―二一一二五
電　話〇三―三四五二―八〇六九
ＦＡＸ〇三―三四五六―〇三四六

ISBN978-4-8382-7074-3 C3019